D1434708

Nous remercions le ministère du Patrimoine canadien,
la SODEC et le Conseil des Arts du Canada
de l'aide accordée à notre programme de publication

Patrimoine   Canadian
canadien   Heritage

Québec ::

Conseil des Arts   Canada Council
du Canada   for the Arts

ainsi que le Gouvernement du Québec
– Programme de crédit d'impôt
pour l'édition de livres
– Gestion SODEC.

Illustration de la couverture
et illustrations intérieures:
Marie-Claude Favreau

Couverture:
Conception Grafikar

Édition électronique:
Infographie DN

Dépôt légal: 1er trimestre 2005
Bibliothèque nationale du Canada
Bibliothèque nationale du Québec

123456789 IML 098765

a NOTRE PETITE FiLLE
ARIANE

Tu AS 8ANS! TU SAIS MAINTE-
NANT LIRE ÉCRIRE
    C'EST L'UN de tes PREMIERS
LIVRE de Nous deux!

J COMME TOUJOURS

• Série Jolaine et Paméla •

Joyeuses Pâques
Nous t'Aimons Beaucoup

aVec Amour
grand papa Claude

grand. Maman
Pauline

Bisous +++

Mars 2005

**DE LA MÊME AUTEURE
AUX ÉDITIONS PIERRE TISSEYRE**

Collection Sésame

D'où viennent les livres?, roman, 2002.
Pas le hockey! Le hoquet. OK?, roman, 2004.

Données de catalogage avant publication (Canada)

Painchaud, Raymonde

      J comme toujours

      (Collection Sésame; 73)
      (Série Jolaine et Paméla)
      Pour enfants de 6 à 9 ans.

      ISBN 2-89051-921-X

      I. Titre. II. Collection: Painchaud, Raymonde.
Série Jolaine et Paméla. III. Collection:
Collection Sésame; 73.

PS8581.A485J2 2005   jC843'.6   C2004-941982-X
PS9581.A485J2 2005

RAYMONDE PAINCHAUD

toujours

roman

**ÉDITIONS
PIERRE TISSEYRE**

5757, rue Cypihot, Saint-Laurent (Québec) H4S 1R3
Téléphone: (514) 334-2690 – Télécopieur: (514) 334-8395
Courriel: ed.tisseyre@erpi.com

À tous ceux
et à toutes celles
qui, un jour,
ont eu le cœur brisé.

1

UN ÉDIT ROYAL

Alors qu'en ce temps-là, les souverains se mariaient pour acquérir pouvoir et richesse, le roi Résignand 1er, lui, se maria par amour. Le 12 novembre de l'an 1225, les époux promirent de s'aimer toujours.

Le couple eut la joie de voir naître deux filles. D'abord Joldelaine, puis Paméliandre. À chaque naissance, le roi disait que c'était le plus beau jour de sa vie. Une grande fête était organisée au château et, durant toute une année, des cadeaux étaient distribués dans le royaume.

Joldelaine, dès l'âge de cinq ans, avait parfois la joie d'accompagner son père dans ses déplacements. Elle était consciente de la générosité du roi ; elle en voyait les effets sur le visage des paysans. Elle aimait son père par-dessus tout. Elle était heureuse, pour toujours.

Mais un soir, la reine fut frappée d'un mal inconnu et mourut dans la nuit même. Le roi ne versa pas une larme. Sans même demander l'avis de ses conseillers, il fit congédier le médecin de la cour et se retira dans le donjon.

Quand il en sortit, trois jours plus tard, il proclama un édit d'une grande dureté :

Interdiction,
sous peine de mort,
de prononcer le mot
toujours
dans mon royaume.

Aux funérailles de la reine bien-aimée, la vie semblait avoir quitté le roi également.

Le regard vide, les épaules voûtées, le souverain semblait porter un masque tellement son visage était dénué de toute étincelle de vie. Il s'était enfermé à jamais dans son cœur de douleur.

En plus de vivre le deuil de leur mère, les princesses avaient accueilli l'édit royal avec beaucoup de tristesse. Plus aucune fête n'était organisée ; plus aucune musique

n'accompagnait les repas. Le roi ne les emmenait plus avec lui dans ses tournées à travers le royaume. Les servantes et les serviteurs ne souriaient plus. Cet édit royal avait jeté la mort dans le château. Joldelaine se demandait comment elle pourrait se marier et aimer pour toujours.

Malgré tout, les princesses avaient dû se soumettre à la loi, comme tous les sujets du royaume. Joldelaine confia à son père qu'elle était si bouleversée qu'elle n'envisageait pas de vivre ailleurs que dans un monastère. Sa Majesté, pour éviter de perdre sa fille, lui proposa d'exaucer son souhait le plus fou. Certaine d'essuyer un refus, la princesse manifesta le désir d'apprendre à monter à cheval avec le meilleur cavalier du royaume.

— Accordé! promit le roi. Tout plutôt que le monastère!

Joldelaine, heureuse de vivre l'ivresse du galop à travers champs et collines, accepta de bannir le mot *toujours* de son vocabulaire et de rester au château.

Un jour, elle se réveilla au milieu d'un rêve. Son grand-père la tenait dans ses bras, alors qu'elle n'était encore qu'une enfant. Il lui disait : *Ma petite princesse, je t'aimerai toujours!*

L'image du rêve ne la quitta pas de la journée. Le mot *toujours* flottait dans sa mémoire. Joldelaine ressentait un sentiment de désolation, comme le jour où, pour la première fois, elle vit un poisson mort à la surface de l'eau.

Au souper, Joldelaine observa son père. Il ne souriait pas, regardait fixement son bol, mangeait à peine. Joldelaine en eut assez de cette vie. Ce soir-là, avant de s'endormir, elle prit la décision de transgresser la loi.

2

LA TRANSGRESSION

Avec beaucoup de patience, Joldelaine attendit le moment propice : le jour où son père partit sur les routes du royaume visiter ses châteaux et exercer son devoir de monarque. Ce jour-là, Joldelaine jugea que le moment était venu d'informer ses prétendants qu'elle accorderait sa main à celui qui ramènerait le mot *toujours* dans le royaume. L'information devait circuler dans le plus grand secret ; Joldelaine était consciente du danger que son projet représentait. Elle fit appel à un ami de son grand-père, jadis dresseur de faucons. Des oiseaux livrèrent son message aux sept prétendants venus lui porter du muguet au printemps.

Parmi les prétendants informés, trois acceptèrent de relever le défi. Ils avaient huit mois pour mener à bien leur mission. Joldelaine avait fixé une date limite pour s'aider à être patiente. Après cette date, si personne n'avait ramené le mot *toujours*, elle entrerait au monastère.

Le premier groupe partit à l'aube du trentième jour. Gabriel, un des prétendants, évoqua le désir de mater des chevaux sauvages pour mieux garnir les écuries royales et être en mesure de conquérir les terres voisines. Conquérir ! *Toujours !*

Un mois plus tard, un seul survivant de son groupe revint au château. Il expliqua qu'ils avaient été pris dans une embuscade et que tous avaient été massacrés, sauf lui, qui avait réussi à se cacher dans un terrier, où il avait plongé sans même savoir s'il était occupé par une bête sauvage.

Bouleversée, Joldelaine fit aussitôt parvenir un message aux deux autres prétendants, leur demandant de tout annuler, mais en vain ; ils étaient partis depuis longtemps.

Les mois suivants, la princesse Joldelaine eut du mal à trouver le sommeil. Tous les soirs, sa petite sœur Paméliandre dormait déjà à poings fermés alors qu'elle scrutait encore le ciel à la recherche d'un signe réconfortant. Un soir, après avoir compté mille deux cent quarante moutons, elle s'endormit enfin et rêva de son grand-père. Il sautait au-dessus des flammes en criant : *Le feu, c'est la vie ! Va dans la vie comme si le feu était sous tes pieds. Aie le courage de réaliser tes rêves. Je t'aimerai toujours, ma petite Joldelaine !*

À son réveil, la princesse mit de l'ordre dans ses idées. Si son projet avait été aussi insensé qu'elle le craignait, trois prétendants n'auraient pas accepté d'y participer. Son père, un roi fou de douleur, avait instauré une loi déraisonnable. Comment vivre sans employer le mot *toujours* ? Comment peut-on prendre époux sans promettre de s'aimer toujours? Comment donner naissance à des enfants sans désirer qu'ils vivent toujours? Voilà qui était insensé!

Quand son père fut de retour, Joldelaine tremblait intérieurement mais elle demeura confiante. C'est avec joie et appréhension tout à la fois, qu'elle accueillit les rumeurs du retour de la deuxième équipe.

3

LE DEUXIÈME
PRÉTENDANT

Dès sa descente de cheval, le prétendant s'approcha de Joldelaine et la salua respectueusement. Voyant son air inquiet, il s'empressa d'expliquer :

— Voici des esclaves qui vont travailler pour nous, euh... pour vous ! Prospères, nous le serons *toujours* !

Joldelaine avait du mal à se concentrer, troublée qu'elle était à la vue de ces gens en haillons, maigres, hébétés, entassés dans des charrettes tirées par des bœufs. Elle réprima ses larmes et déclara :

— Croyez-vous qu'un cœur puisse se nourrir du labeur des autres ?

Le prétendant resta bouche bée et Joldelaine le quitta sur-le-champ. En tournant les talons, elle aperçut son père du coin de l'œil. Revenant sur ses pas, elle ajouta :

— Offrez tout à mon père, votre roi, mais, de grâce, gardez le secret.

Joldelaine regagna ses appartements, la tête en feu, le cœur dans l'eau.

Elle n'eut pas le temps de ressentir davantage sa tristesse car elle fut convoquée par son père. Elle ravala ses larmes et se dirigea vers la grande salle où le roi trônait solennellement. Elle détestait ce cérémonial. Ne pouvait-il pas communiquer avec ses enfants de façon plus naturelle ?

— Ma fille, tu es en âge de te marier. Ce prétendant a de l'ambition. Il pourra me succéder au trône. Il sera pour toi un bon mari.

— N'insistez pas, père. Je ne l'aime pas.

— L'amour, l'amour ! À quoi sert-il d'être amoureux ? Ta mère et moi, nous nous aimions. Vois où ça m'a mené. Tu ne l'aimes pas, ce prétendant, alors épouse-le.

D'un geste de la main, il empêcha sa fille de parler.

— Je te donne vingt-quatre heures pour réfléchir.

Joldelaine en avait par-dessus la tête de recevoir des ordres de son père, le roi amer. Ce n'était pas le père qu'elle avait connu auparavant. Mais elle s'obligea à plus de patience, dans l'espoir du retour du troisième prétendant.

— Père, donnez-moi soixante-douze heures et vous aurez ma réponse.

4

LE TROISIÈME
PRÉTENDANT

Le matin du 12 novembre, date limite pour le retour des prétendants, Joldelaine, après avoir passé une nuit blanche, sortit du château et gravit la colline pour mieux voir au loin. Elle assista au lever du soleil mais ne se sentit nullement apaisée.

Vers midi, elle vit un homme marcher, là-bas, à l'horizon. Était-ce le prétendant qu'elle attendait ? Celui pour lequel elle avait une préférence secrète. Qu'étaient devenus ses compagnons ? Morte d'inquiétude, elle se porta à sa rencontre.

Arrivée à sa hauteur, elle remarqua les cernes autour de ses yeux, la poussière sur son visage, mais surtout son regard d'un noir profond. Gontran lui remit un parchemin, sans rien dire. Il semblait ne pas avoir la force de parler. Joldelaine lui tendit sa gourde et commença à lire.

Ma mie,
J'ai fait un voyage qui m'a comblé de joie. Oui, je ramène avec moi le mot toujours. *Il est dans mon cœur, tout près de l'amour que j'ai pour vous.*

*Je vous écris aujourd'hui car
je ne sais pas si je serai de retour
avant le 12 novembre. Je suis seul
maintenant. Mes hommes ont
refusé de me suivre. Ils m'ont
traité d'idiot et se sont dispersés.
Si je devais mourir sans vous
avoir retrouvée, ma consolation
serait que ce message vous
parvienne, ô ma bien-aimée.*

Un troubadour m'a assuré que
le mot toujours se trouvait dans
l'amour situé au plus profond de
notre cœur. Cet amour nous
appartient; personne ne peut
nous l'enlever, mais nous
oublions parfois sa présence.
Le poète m'a dit qu'il est
possible de ne pas l'oublier.
Il suffit d'exprimer notre amour
tou(s les)jours.

L'exprimer, ma mie, c'est ce
que je fais depuis que j'ai quitté
le château. Au sommet des
montagnes, au fond des vallées,
je crie votre nom. Devant mille
étoiles filantes, je fais mille fois
le vœu de revenir vers vous.
Je mêle mes larmes à la pluie,
vous suppliant de m'attendre.
Je vous vois danser parmi les
aurores boréales. C'est votre
sourire qui miroite à la surface
de l'eau. J'entends votre nom

dans le bruissement des feuilles.
Je m'approche des fleurs en
quête de votre parfum.

Joldelaine leva les yeux vers son prétendant, qui lui offrit un objet. C'était une petite plaque de bois sur laquelle était sculptée, sept fois, la lettre *J*. Joldelaine regarda Gontran qui, en pointant chacune des lettres, récita d'une voix faible mais douce :

— *J* pour *Joldelaine*. *J* pour *joie du retour*. *J* pour *amour*. *J* pour *toujours*. *J* pour *toujours*…

Joldelaine laissa couler ses larmes et unit sa voix à celle de l'autre :

— *J* pour *toujours*. *J* pour *toujours*.

Le cœur de Joldelaine battait très fort mais le bruit qu'elle entendit venait de l'extérieur. Les chevaux du roi étaient lancés à sa poursuite.

— Vite, Gontran ! Fuyons !

Ils furent bientôt rattrapés et jetés en prison.

5

PAMÉLIANDRE
S'ENFUIT

Paméliandre a faim. Tellement faim ! Elle a marché toute la nuit, n'a vu personne, a entendu des loups. Ses pieds sont glacés. Le soleil qui se lève parviendra-t-il à la réchauffer ? Elle mange des baies tout en continuant d'avancer. Elle tend l'oreille à l'affût d'une source qui puisse étancher sa soif. Les feuilles qui retiennent la rosée n'humectent que ses lèvres.

Elle a décidé d'agir seule. Elle ne peut pas rester là, les bras croisés, alors que sa sœur Joldelaine et son fiancé Gontran ont été jetés aux oubliettes par un roi prisonnier de sa souffrance. Paméliandre fera tout pour sauver Joldelaine. Elle doit trouver le chevalier Huguelot, ce chevalier au cœur assez grand pour comprendre son chagrin. Jadis à l'emploi du roi, il connaît le château comme le fond de sa poche. Courageux, il ne craint personne. Lui seul peut sauver Joldelaine. Paméliandre fera tout pour le retrouver. Elle est prête à donner sa vie pour ça.

Paméliandre ne sait plus où elle est. Dans la nuit sans lune, elle a quitté le sentier sans s'en rendre compte. Elle essaie maintenant de se frayer un chemin en pleine forêt. Elle sursaute au hennissement d'un cheval et court se cacher derrière un rocher. Son cœur veut sortir de sa poitrine. Un homme marche aux côtés de sa bête. Paméliandre reste immobile en espérant passer inaperçue. Mais si c'était lui, le chevalier Huguelot ? On raconte que, depuis qu'il a été chassé du château, il s'entoure d'une meute de chiens et d'un groupe de joyeux lurons. Le roi, reconnaissant pour une victoire remportée jadis, lui avait permis de conserver son titre de chevalier, son écuyer, ses chevaux et son armure. Depuis ce temps, le chevalier indépendant jouit d'une grande notoriété. La légende veut qu'on

les entende rire, lui et ses compagnons, bien avant de sentir la fumée
de leur campement. Le rire d'Huguelot est à ce point contagieux
que ceux qui s'embusquent pour
l'attaquer ne peuvent s'empêcher
de trahir leur présence en s'esclaf-
fant derrière les buissons. Et cer-
tains sont alors forcés de changer
de camp, une fois découverts.

Mais cet homme qui remplit sa
gourde, qui est-il? Paméliandre
choisit de se taire alors que son
cœur, lui, fait un bruit d'enfer.
L'homme regarde dans sa direction.
Le cheval cesse de boire et, de sa
tête, pousse l'homme dans le dos.
Les jurons prononcés indiquent
que ce n'est pas le chevalier que
Paméliandre cherche. De toute évi-
dence, cet homme n'a pas le sens
de l'humour.

Une couleuvre passe entre les sabots du cheval, qui se cabre. Occupé à le calmer, l'homme s'éloigne sans avoir découvert la cachette de Paméliandre, qui n'a qu'une envie : sortir de là. Car malgré sa bravoure, elle a une peur irraisonnée des couleuvres. Elle les imagine tapies dans le creux du rocher et frissonne de la tête aux pieds. Elle étire le cou pour vérifier si l'homme s'est suffisamment éloigné, puis elle sort de son abri en sautant et en gesticulant comme une folle. Elle a senti quelque chose bouger dans son dos et croit qu'un reptile s'est introduit sous sa cape. Soudain, elle s'immobilise telle une statue. Devant elle se tient un loup, immobile lui aussi.

6

PAMÉLIANDRE
CHEZ LES BRIGANDS

— **Q**ui c'est ?

— Je l'ai trouvée près de la source.

— Toute seule ?

— J'ai vu un loup s'enfuir.

— Personne avec elle ?

— Non. Vous ne lui ferez pas de mal, hein, chef ?

— Mêle-toi de tes oignons.

— Elle appartient peut-être au clan d'Huguelot.

— Mêle-toi de tes poireaux.

— Il est installé tout près d'ici.

— Mêle-toi de tes radis.

Le chef Harneste est connu dans la région. Il a fait d'Huguelot son ennemi numéro un. Il est jaloux de sa popularité. C'est pourquoi il cherche à imiter son sens de l'humour pour s'attirer la sympathie des paysans. C'est une question de prestige. Harneste espionne sans cesse le clan du célèbre chevalier, même s'il doit pour cela se tapir dans la forêt, grelotter et tendre l'oreille pour écouter les histoires de ces aventuriers sans soucis.

Depuis l'arrivée du chevalier Huguelot dans la forêt, Harneste cherche à affaiblir celui qui ne cesse de lui ravir des partisans. La venue de cette petite fille lui donne une idée. Tout d'abord la rassurer, la nourrir, la laisser se réchauffer près du feu. Ensuite s'informer de ses origines et de sa destination, afin de pouvoir exécuter le plan qu'il a conçu, en toute tranquillité.

Paméliandre reprend conscience au milieu de ce qu'elle croit être le paradis. Elle est couchée dans d'épaisses fourrures de mouton. Un homme lui apporte une boisson sucrée qui la réconforte. Un autre lui présente du gibier prêt à manger. Du sanglier ? De la perdrix ? C'est délicieux. Qui sont ces gens ? Pour l'instant, Paméliandre laisse parler son estomac et mange en silence. La viande qu'elle mastique est tendre et épicée. Elle se détend et arrive même à sourire à celui qui s'approche.

— Bonjour, gente demoiselle. Vous voilà plus souriante, j'en suis heureux. Que faisiez-vous dans la forêt?

Paméliandre se souvient de la source, du cheval, de la couleuvre, du loup. Elle frissonne. Son visage se métamorphose. Elle s'agite.

— Calmez-vous, petite dame. Je suis là pour vous aider.

— Êtes-vous le chevalier Huguelot?

— Non, mais je peux vous conduire jusqu'à lui.

— Ma sœur, la princesse Joldelaine, est prisonnière au château. Seul le chevalier Huguelot peut la sauver.

Le chef des brigands ne comprend pas qu'une princesse puisse être prisonnière dans le château de son propre père. Peu importe. La petite servira de monnaie d'échange:

sa vie contre deux chevaux d'Huguelot.

— Je te conduirai à ton chevalier, le rigolo. Mais d'abord, tu dois
collaborer.

7

LES OUBLIETTES

Joldelaine a soif. Tellement soif! Depuis combien de temps a-t-elle été jetée dans ce cachot? Elle ne sait pas si c'est le jour ou si c'est la nuit. Ses pieds… Elle ne sent plus ses pieds. Elle étouffe. Doit-elle inspirer ou expirer? Elle sent un poids sur sa poitrine. Le plafond du cachot s'est-il affaissé? Elle inspire et, en même temps que l'air pénètre dans ses poumons, la peur envahit son esprit. Les rats vont la dévorer. Jusqu'à ce jour, personne n'a survécu au châtiment des oubliettes. Son père ne fléchira pas. Le roi s'est endurci. Son cœur est devenu de pierre. Joldelaine est convaincue que le roi ne viendra même pas chercher sa dépouille. La vermine se chargera de tout faire disparaître.

Joldelaine touche la plaquette sculptée de lettres *J* qu'elle a gardée cachée dans ses vêtements. Cet objet la relie à la vie. Penser que son fiancé souffre, lui aussi, quelque part dans une prison du château, ajoute à sa douleur. Elle serre la plaquette de bois contre son cœur et essaie de se calmer.

Joldelaine pense à son grand-père, décédé depuis longtemps.

Elle entend la voix de son rêve. *Je t'aimerai toujours, ma petite Joldelaine.* La prisonnière bouge les orteils, les chevilles, les jambes. Elle ne veut pas être transformée en statue. Elle crie. Le bruit assourdissant l'étourdit et accentue sa peur. Elle pleure. De tout son corps, elle sanglote. Et cela la réchauffe.

8

LE CHEVALIER
HUGUELOT

— **A**ttention, les gars! Nous avons de la visite.

— Tu attends quelqu'un, Huguelot?

— J'attends Sa Majesté le roi. De son carrosse il descendra. Sa grosse bague, il me présentera. À ses pieds, je me prosternerai, m'efforçant de ne pas lui rire au nez, pour ne pas froisser sa dignité.

— Désolé, Huguelot. Point de Majesté. Juste un Harneste pressé.

Tous les membres du clan Huguelot scandent *Harneste! Harneste!* Le chef des brigands, bâti comme un chêne, fait son apparition en tenant un minuscule chiffon blanc dans la main droite. À sa gauche, Paméliandre a l'air d'avoir rétréci pendant la nuit. Sa main disparaît dans celle du géant. Son bras… On dirait une tige de roseau.

— Sois le bienvenu, Harneste. Tu viens me présenter ta petite sœur?

— Ne fais pas l'idiot, Huguelot. C'est la princesse Paméliandre. Le roi te donnera plein d'écus si tu lui ramènes sa fille.

— Des écus, m'entends-tu? j'en ai eu, je n'en veux plus. Les écus, vois-tu? sont comme les sangsues couvrant ton corps nu: il est difficile de s'en séparer. À quoi bon en avoir si ce n'est pour les dépenser ?

— Moi, je ne te demande que deux chevaux, poursuit Harneste, en ignorant la question.

— Voyez-vous ça, seulement deux. Je suppose que tu aimerais que je te les donne tout de suite, comme ça, à toute vapeur !

Paméliandre se sent mieux. Ce Huguelot a un regard particulier. On dirait que ses yeux rient tout le temps. Acceptera-t-il de l'aider ? Elle voudrait lui parler mais sa voix ne pourra être entendue dans ce brouhaha. Elle se libère de la main de Harneste et court vers Huguelot, qui s'accroupit pour être à sa hauteur.

— Chevalier Huguelot, ma sœur va mourir dans les oubliettes. Mon père l'a fait emprisonner parce qu'elle et son fiancé voulaient

s'aimer toujours. Aidez-moi, je vous
en supplie.

Huguelot n'a pas remis les pieds
au château depuis le jour où il en
a été expulsé. Le roi venait de perdre son épouse. Huguelot, lui, conti-
nuait à faire des blagues. N'y tenant
plus, le souverain l'avait mis à la
porte. S'il remet les pieds au châ-

teau, il sera pendu. De plus, échanger cette fillette contre deux de ses chevaux… D'un autre point de vue, il y voit l'occasion d'être réintégré au château. Qui sait? Le roi regrette-t-il peut-être de s'être débarrassé de lui. Il ne réfléchit pas plus longtemps; il fera l'impossible pour libérer la princesse Joldelaine.

L'entente est conclue: Harneste recevra non pas deux, mais trois chevaux. En échange, il devra participer à la réalisation du plan imaginé par Huguelot. En avant, les braves! Sus au roi!

9

LES MESSAGERS

— **Q**u'on fasse entrer le messager ! claironne le garde du roi.

Un homme exténué, aux vêtements poussiéreux, s'avance dans la grande salle. La distance qui le sépare du trône a raison de ses dernières forces : il s'affale sur le plancher dur et froid.

— Qu'on le relève ! ordonne le despote.

Deux gardes s'approchent du messager et l'un d'eux s'écrie: *Je crois qu'il est mort, Votre Majesté.*

— Bande d'incapables! crie le roi. Puis il fait signe à quelqu'un d'autre d'intervenir.

Le fou du roi accourt, repousse les gardes et se jette sur le messager. Jamais homme n'a été chatouillé de la sorte! Le messager ouvre les yeux.

— Quel est le message? demande le roi.

— Harneste… il a capturé votre fille Paméliandre.

— Le brigand! Qu'on me l'amène mort ou vivant! Et à celui qui ramènera Paméliandre je donnerai la forêt de Sagwatay.

C'est la forêt où coule une rivière débordante de poissons. Le roi ne veut pas perdre Paméliandre, car elle est le portrait de son épouse bien-aimée.

— Exécution !

Le lendemain, un autre messager se présente à la cour, essoufflé, muet.

— Parlez, ou je vous fait couper la tête ! tranche le roi.

Le messager avale sa salive.

— Votre Majesté, Harneste le brigand m'a prié d'informer votre honorable personne…

— Plus vite que ça ! Qu'est-ce qu'il a fait, le bandit ?

— Il exige l'organisation d'une joute entre Huguelot et votre meilleur chevalier. Si votre chevalier est vainqueur, votre fille vous sera rendue et Huguelot sera extradé.

— Et si Huguelot est déclaré vainqueur ?

— Huguelot dit qu'il laissera la princesse décider de son sort.

— Paméliandre est ma fille, elle me doit obéissance !

— Huguelot dit que c'est une malédiction que d'être votre fille. Vous en avez condamné une aux oubliettes et à l'autre vous interdisez d'employer le mot *toujours*.

Le roi se lève d'un bond, descend du trône, piétine, tourne sur lui-même, arrache sa couronne, la jette par terre, enlève son manteau, se frappe la poitrine, se tire les cheveux.

— Huguelot : où est-il, ce lâche ?

— Vous savez bien qu'il n'a plus le droit de mettre les pieds au château.

— Disparaissez ! crie-t-il au messager, qui le regarde, les yeux exorbités. Revenez demain, vous aurez ma réponse!

Ce roi qui, avant la mort de son épouse, gouvernait de façon habile et réfléchie, était devenu une caricature de souverain.

10

LA JOUTE

Le roi n'eut d'autre choix que de se plier à une volonté autre que la sienne. Il eut beau souffrir d'insomnie, de nausées matinales, de vertiges diurnes et de troubles de la mémoire, la joute fut organisée comme l'avait demandé Harneste, le sans-terre, le sans-écu, le sans-gêne, le voleur, le brigand, le…

Les chevaliers se présentèrent devant Sa Majesté à l'heure convenue. Le chevalier Huguelot portait une écharpe appartenant à Paméliandre. Le roi la remarqua mais détourna aussitôt son regard. Il n'avait pas besoin de parler ; les armes allaient le faire pour lui.

Avant de donner le signal du début de la joute, le roi exigea qu'on inspecte l'armure, le bouclier et les armes des chevaliers. Les lances furent mesurées et les pointes examinées. Elles ne devaient pas être de fer car il s'agissait d'une joute et non d'un tournoi meurtrier comme le voulait la coutume avant l'an 1200.

Huguelot, qui avait escompté cette méfiance de la part du roi, s'était muni de lances à pointe métallique. Prétextant une erreur de son écuyer, il alla en chercher trois

autres. Au retour, un de ses compagnons s'était substitué à lui. Sous l'armure, ni vu ni connu! Les motifs colorés sur le bouclier témoignaient de l'identité du chevalier. Tous les spectateurs étaient persuadés d'être en présence du chevalier Huguelot. Le sauveur de Joldelaine pouvait donc exécuter son plan sans être dérangé.

Pendant que les vérifications d'usage se poursuivaient devant une foule indisciplinée, Huguelot et ses chiens empruntèrent le lit de la rivière desséchée qui courait derrière le château. Ses espoirs ne furent pas déçus : grâce au glissement de terrain dont il fut témoin alors qu'il habitait encore au château, il put se frayer un chemin à travers une grotte et atteindre les murs extérieurs des oubliettes.

11

NE M'OUBLIEZ PAS !

Joldelaine ne ressent plus la faim. C'est à peine si elle réussit à boire l'eau qu'on lui apporte. Ses mains tremblent. Elle boit par devoir de survivre. Elle doit rester en vie pour son fiancé, qui souffre lui aussi. Elle entend des rats tout près, dans le mur. Ou bien est-ce au plafond ? La dévoreront-ils ? Il fait si noir ! Et si froid! Tremble-t-elle de peur ou de froid? Elle prononce le nom de son grand-père, d'abord d'une voix faible et plaintive. Sa peur s'envole mais pas le froid. Les rats… Les grattements s'accentuent. La peur revient. Joldelaine prononce à nouveau le nom de son grand-père. Elle essaie d'imaginer son visage. Elle n'arrive pas à se concentrer.

Soudain, c'est son propre nom qu'elle entend. Serait-elle morte, elle aussi?

— Princesse Joldelaine! Où êtes-vous?

— Ici! crie Joldelaine, qui n'en croit pas ses oreilles. Ici!

Les chiens d'Huguelot usent leurs griffes à tour de rôle sur la terre durcie d'un des murs extérieurs des oubliettes. Bientôt la lumière entre par une petite ouver-

ture qui peu à peu s'agrandit jusqu'à aveugler la prisonnière.

— Prenez ma main, princesse Joldelaine. N'ayez crainte. Je suis le chevalier Huguelot.

Joldelaine n'y voit rien mais elle fait confiance à cette main qui la tire doucement, mais fermement, hors de son cercueil.

Au château, le chevalier du roi réussit à briser la lance de son adversaire à trois reprises. Une fois descendus de cheval, les combattants s'affrontent à l'épée. Lorsque celui qu'on prend pour Huguelot pose le genou au sol, le chevalier du roi est déclaré vainqueur.

Paméliandre est ramenée à son père, qui déclare solennellement le bannissement du chevalier, qu'il prend toujours pour Huguelot.

Mais le roi a tôt fait de découvrir le pot-aux-roses. Il tient l'information d'un de ses gardes, qui la tient d'un homme du clan de Harneste, qui la tient du cousin du frère du substitut d'Huguelot. Le roi convoque Paméliandre dans la grande salle pour l'interroger.

— Je sais où se trouve Joldelaine, avoue-t-elle. Je vous le dirai lorsque vous annulerez le bannissement du chevalier Huguelot et que vous lèverez la peine imposée à Joldelaine ainsi que l'interdiction d'employer le mot *toujours* dans votre royaume.

En entendant ce mot, le roi se met sur ses gardes, ses poils se dressent sur ses bras. Il cesse de respirer, toise sa fille, lève les bras, tourne sur lui-même, tape du pied, toise à nouveau sa fille, inspire bruyamment, met ses poings sur ses hanches, expire par les narines, fronce les sourcils, enlève sa couronne, hurle des paroles incompréhensibles.

Paméliandre ne le quitte pas des yeux. Elle ne cédera pas.

Le roi lance sa couronne au bout de ses bras et s'affale sur le plancher dur et froid.

Paméliandre n'a jamais vu pleurer son père. Elle profite de son silence pour lui expliquer ce qui s'est réellement passé. Le roi se sent honteux de s'être fait leurrer. Mais, tout compte fait, il est content que ses filles aient été libérées. Il regarde Paméliandre et y retrouve les traits de son épouse. Il sanglote sans pouvoir s'arrêter. Entre deux soupirs, il accepte les conditions de Paméliandre.

12

AU GALOP !

Deux mois plus tard…

Tous les matins, Joldelaine ouvre les yeux et regrette de ne pas être morte en même temps que son fiancé. Elle n'a pas envie de se lever. Elle voudrait passer le reste de ses jours cachée sous les peaux d'hermine. Paméliandre fait tout pour elle mais Joldelaine n'a envie de rien. Elle ne cesse de penser à son fiancé disparu, mort aux oubliettes. À la pensée de ce cachot, le sang de la princesse se glace, ses muscles se tendent, sa respiration s'arrête. Comment accepter qu'un être aussi sensible ait connu une fin aussi atroce ? Il avait ramené le mot *toujours* ; il est parti en laissant le mot *jamais*.

— Souris un peu, il y a un beau soleil aujourd'hui.

— Même quand il pleuvait, c'était lui, mon soleil. Maintenant que Gontran n'est plus, je vois le soleil mais je ne sens pas sa chaleur.

Cette nuit, Joldelaine a rêvé de Gontran. Elle a entendu sa voix douce et chaude. Ce matin, c'est un poignard qu'elle sent, planté dans son cœur.

Chaque fois que Paméliandre essaie de redonner le goût de vivre à sa sœur, elle se retrouve le bec à l'eau. Ce chagrin semble sans fin. Rien ni personne ne peut remplacer l'amour de Gontran. Paméliandre réfléchit à sa propre vie; elle se questionne à propos de son avenir, de ses amours. Est-il souhaitable de rêver d'un chevalier valeureux, dévoué, plus beau que beau? Un chevalier, si puissant soit-il, n'est pas immortel. Faudrait-il mourir en même temps que celui qu'on aime? Dans un an, Paméliandre sera en âge de se marier. Comment faire pour arrêter le temps? La princesse est tirée de sa rêverie par Joldelaine qui, brusquement, s'assoit dans son lit et déclare:

— Ça suffit comme ça! Je n'ai pas l'intention de pleurer jusqu'à la fin de mes jours. Je m'acquitterai de mes responsabilités de princesse. J'épouserai un homme que je n'aime pas. J'aurai des enfants puisqu'il faut assurer la descendance. Mon cœur restera de glace avec le mot *toujours* emprisonné à l'intérieur, à jamais.

Forte de cette décision, elle sort du lit, sonne la gouvernante, fait sa toilette, s'habille, déjeune et demande au palefrenier de seller son cheval.

Faisant fi du danger que représente une balade en solitaire hors du château, elle pousse son cheval au galop. Elle ne voit pas les gouttes de rosée sur la toile d'araignée ; elle n'entend pas le chant du ruisseau ; elle ne sent pas le parfum du lis ; elle ne touche pas à l'herbe tendre ; elle ne goûte pas aux mûres à l'ombre du grand chêne. Elle galope à

s'en étourdir. Son cheval se déplace si rapidement qu'il a failli renverser une dame toute vêtue de bleu.

Joldelaine revient pour s'excuser. La dame cueille toujours du thym; elle n'a pas bougé. Joldelaine a un pincement au cœur. Sa mère aussi portait des vêtements bleus.

Pendant que la princesse se confond en excuses, la dame l'observe plus qu'elle ne l'écoute.

— D'où vous vient cette tristesse, belle enfant? demande la vieille en relevant la tête mais en gardant le dos courbé.

Après lui avoir raconté son histoire, Joldelaine conclut en disant que c'est l'amour de son grand-père qui l'a sauvée mais qu'elle ignore comment reprendre goût à la vie maintenant que son fiancé n'est plus.

— Je l'ai connu, ton grand-père.
C'était un homme érudit. Il savait
lire dans le ciel.

Joldelaine attend. Elle aime en-
tendre parler de son grand-père.

— S'il avait su lire dans mes pen-
sées, il aurait vu que j'aurais donné
ma vie pour lui.

— Comment l'avez-vous connu ?

— Je cueillais du thym pour le
château. Votre grand-père a voulu
me rencontrer parce que, disait-il,
mon thym était le meilleur de tous.
Il voulait en connaître la raison.
Mais c'est un secret de dame Na-
ture. Malgré tout, il a continué à
venir me voir. Je ne lui donnais
qu'une petite quantité de thym à
la fois, en prétextant mille raisons
qu'il accueillait avec un sourire. Un
sourire qui m'enveloppait pendant
des jours et des jours. On aurait dit

un sourire venu directement du soleil.

Joldelaine devient songeuse. Elle revoit les yeux de Gontran, la petite plaquette de bois, les *J* sculptés avec patience. Elle regarde la vieille dame aux vêtements usés, d'un bleu qui a pâli depuis longtemps.

— Comment avez-vous fait pour vivre sans lui ? ose-t-elle demander. Avez-vous aimé quelqu'un d'autre par la suite ? Non ? Comment avez-vous fait pour survivre ?

— J'ai aimé ton grand-père dans les rayons du soleil levant, dans la goutte de rosée pendue au pétale ; je l'ai pleuré pendant les orages ; je l'ai vu s'envoler avec les feuilles dans la tourmente ; je l'ai vu revenir sous un arc-en-ciel ; j'ai écouté sa voix près de l'eau qui ruisselle. Même en son absence, j'avais l'impression de marcher à ses côtés. Je le questionnais sou-vent. J'obtenais parfois un rayon de soleil en guise de réponse.

La vieille femme s'arrête de par-ler. Elle pose son regard sur Jolde-laine et ajoute :

— J'ai survécu parce que je ne l'ai jamais quitté.

Je ne l'ai jamais quitté. Ces pa-roles résonnent dans la tête de Joldelaine alors qu'elle revient au château au galop. *Jamais quitté, jamais quitté, jamais quitté.*

— Où étais-tu ? demande Pamé-liandre. J'étais morte d'inquiétude. Je te croyais perdue.

— Rassure-toi, répond Jolde-laine. Je me suis retrouvée.

— Comment ça ?

— Je ne suis plus seule maintenant. Je porte l'amour de Gontran en moi. Je sais, il est mort. Mais la transformation qui s'est opérée dans mon cœur est bien vivante. Je suis une nouvelle personne parce que j'ai aimé Gontran. Je suis vivante et je peux aimer encore.

Joldelaine sort la plaquette de bois de sa poche et la montre à Paméliandre.

— Des *J*? *J* comme *Joldelaine*? demande Paméliandre.

— Non, *J* comme *toujours*, répond Joldelaine.

TABLE DES MATIÈRES

Photo: Claire Beaugrand Champagne

Raymonde Painchaud

Dès la première aventure de Jolaine et Paméla, racontée dans *D'où viennent les livres?*, l'auteure, Raymonde Painchaud, s'est tout de suite attachée à ses personnages. C'est ainsi que les deux sœurs furent les héroïnes d'un deuxième roman, intitulé *Pas le hockey! Le hoquet. OK?*

Un jour, alors qu'elle lisait un livre sur les chevaliers, Raymonde a eu envie d'écrire un épisode de la vie de leurs lointaines ancêtres : Joldelaine et Paméliandre. Les lecteurs et les lectrices qui ont aimé Jolaine et Paméla se retrouveront tout à fait dans *J comme toujours,* un roman qui montre que les adultes ont aussi leurs gros chagrins…

SÉSAME

Collection Sésame